南山集

刘海彬 著

刘海彬

上海書店出版社

图书在版编目（CIP）数据

东西南北辑·南山集 / 刘海彬著 —上海：上海书店出版社，2012.12

ISBN 978-7-5458-0661-8

Ⅰ. 东… Ⅱ. ①刘… Ⅲ. ①诗词—作品集—中国—当代 Ⅳ. ①I227

中国版本图书馆CIP数据核字（2012）第211506号

目录

南山集

南山集

南山集

黄山赋

巍峨黄山顶，一月两登临。风云来东海，奔腾若雷霆。峭壁悚然立，深渊战栗行。丹崖森然列，怪石势狰狞。雾激千丈瀑，梯悬百尺寻。奇松依古道，相送又相迎。天都仙人聚，莲花居士停。清溪逢钓叟，温泉濯心灵。夜与明月伴，日共禽鸟亲。崖畔僧传道，卧虎醉听经。农人欣耕读，樵夫乐采薪。曾为五湖客，来此动心旌。岂是羡山水，梦接陶渊明。结庐相终老，曳杖入白云。

二〇〇九年十月七日

南山吟

放马南山陲，山峦笼翠微。峰高浮云海，峡深鸢鸟飞。仰天惊绝巘，俯首叹渊危。崖畔清泉涌，野径人踪稀。日出朝霞灿，冉冉耀晨曦。薄暮炊烟起，氤氲罩斜晖。溪映浣纱女，月照牧童归。山中无岁月，渔郎偶问津。藤萝侵古道，飞桥接新径。昔者乡民朴，待客自殷殷。今来游人众，观念亦更新。果蔬争时令，茅舍亦迎宾。山珍成商品，野菜自论斤。榻任娇娘卧，泉由白领汲。更有饕餮客，鸡飞犬亦惊。睹此浑无语，游客岁岁频。山色还依旧，桃源何处寻？

二〇一〇年四月六日

南山坞

一

一庐一榻一箧书，门对清溪窗对松。日永常临水边钓，黄昏畅沐岭

南山集

上风。新茶喜共乡民饮，老酒欣与故人逢。静夜蛙鸣如鼓乐，晨曦鸟啼似晓钟。

二

坞里犹存真山水，村舍丘墟皆旧庐。山深罕见外人至，唯有邻人自相呼。朝闻鸡鸣催早起，傍晚牛羊尾牧童。竹林掩映炊烟袅，山妻唤尔罢耕锄。

三

一牛一驴一窝猪，更有叽叽众鸡雏。七八小鸭凫碧水，老狗阿黄躺前屋。鹅行阔步循溪径，晨鸡报晓顾盼雄。山羊最喜崖上草，三牲六畜乐老夫。

四

桃花源里有诗书，犹喜红颜解耕读。已扃柴门绝俗客，更无师爷送案牍。羞向人丛逐富贵，不耻稻粱觅生活。春月秋花常爱我，每伴清风入帘栊。

二〇一〇年四月七日

南山杂咏

一

崖边一老树，年年睹芳菲。无心逐烂漫，岁岁唤春回。枝吐清明叶，杈横岭上梅。潭喧千丈瀑，惊起鹭双飞。

二

溪畔青青草，寂寞卧远道。野径人迹稀，边鄙知音少。春来空自碧，秋深徒将老。岁岁东风至，无语候石桥。

三

村外老石桥，遥接古驿道。苍苔无岁月，水渍亦漫渺。蜿蜒山间去，直上白云杳。归来歇一肩，已见炊烟绕。

四

暮见炊烟起，家家农人归。雀噪村边树，狗吠旧柴扉。鸡飞篱笆杪，鸭凫潭水湄。堂客出厨下，高声唤儿回。

五

大儿在牛背，小女抱柴禾。莫谓农家乐，四季苦忙活。春怕插秧晚，夏愁水旱多。秋收又冬藏，所剩又几何！

六

农家有三乐：首推盖新房；其次娶媳妇，最喜是添儿。千载皆如此，如今变化多。出门打工去，揽点挣钱活。

七

市民下乡去，农人进城来。莫谓能同乐，谁解个中哀。村已无闲地，城里起高台。欲觅一杯水，犹费百文钱！

八

老牛夕阳下，惊见宝马来。倏忽如电掣，转瞬绝尘埃。恍若天女至，香风出香腮。婀娜移舞步，山径走T台。

二〇一〇年四月八日

西江月 黄山道上

由上海到黄山四百公里，至临安约过半途，余常于此处下高速公路，去「山里山」农家乐一快朵颐，是为记。

每去黄山道上，途中常憩临安。农家最乐是田园，鸡犬悠然相伴。喜品封缸腊酒，野蔬味胜珍馐。凭窗满目是青山，始信秀色可啖。

二〇一〇年五月二十一日

南山小驻

逶迤十重岭，蜿蜒九道崖。松从罅缝出，云染日边霞。泉鸣千叠瀑，蝶穿万丛花。醉卧青石下，层峰月影斜。

二〇一〇年五月二十二日

再登黄山

黄山旧名北黟山，相传轩辕黄帝与容成子、浮丘公曾在此采石炼丹，得道飞天。唐玄宗崇道教，于天宝六年（公元七四七年）六月十七日敕名黄山。

黄帝炼丹处，峰高似香炉。千载白云里，群仙君见无？瀑布如玉泻，绝巘晓雾浮。美姝入村舍，素手为谁厨？

二〇一〇年五月二十二日

题观音山庄

位于安徽黄山市休宁县商山镇，坐北朝南，门前是率水河，对岸是观音山。

有缘来福地，结庐观音山。门前流碧水，窗后映竹栅。老叟临溪钓，樵夫把柴担。路畔飘酒旆，村姑倚栏杆。

二〇一〇年五月二十三日

夜宿西江千户苗寨

位于贵州黔东南苗族侗族自治州雷山县雷公山麓，由十多个依山而建的自然村相连成片，是中国最大的苗族聚居村寨。

夏日入苗寨，野花随处开。歌飞百越韵，舞撼夜郎台。山衔斜阳去，溪送皎月来。一曲芦笙恋，山舞月徘徊。

二〇一〇年八月九日

定风波

两袖清风辞庙堂，书生老去宜还乡。一近农家情自悦，归也，醉眠红日又临窗。稻陇菜畦休用药，家用。瓜熟蒂落我先尝。沽酒且寻集市去，赊账，秋风月色满池塘。

二〇一〇年八月十八日

咏石钟山

石钟山位于江西九江境内，扼长江与鄱阳湖口，为军事要地，兵家必争。当年太平军与湘军曾恶战于此。

今日来石钟，游人争驻足。风送一帆顺，涛卷万斛珠。　鄱阳湖波绿，扬子江水浊。遗垒空余恨，鼙鼓下三吴。

二〇一〇年八月二十日

忆苏子

一

元丰宋元丰七年六月（公元一〇八四年），苏轼来江西，上庐山并到石钟山，写下名文「石钟山记」，辩石钟得名之究里，叹郦道元之简而笑李渤之陋。后人亦据此谓苏子未能详查，不知其以形得名，姑备一说可也。来湖口，诗人夜泛舟。惊起归巢鹤，欣闻浪底钟。笑论前人事，文章万古留。潮涌当年月，朗然耀千秋。

二

下得山来又上山，一生曾掀几波澜。石钟岂是寻常地，敢将俗眼等闲看。　浪拍山罅声如罄，水石相激鼓森然。当年自讥李渤陋，不期后人作笑谈。

二〇一〇年八月二十日

后羿歌

嫦娥，后羿之妻。因夫妻失和，窃不死之药以奔月。今后羿之后裔，造飞船奔月以寻之。

吴刚伐桂树，嫦娥居广寒。月宫一壶酒，再诉相见欢。　昔无双飞翼，今有太空船。相约遨云汉，牵手夫何难！

二〇一〇年十月二日

牛郎歌

牛郎织女，中国神话传说。因天帝不允，遂使夫妻天人永隔。今之牛郎，乘飞船奔银河以寻织女。

当年飘然去，迢迢唤不回。一别千载后，终能插翅飞。昔日牧牛竖，短笛太空吹。不待鹊桥会，银河任尔行。

二〇一〇年十月二日

满庭芳

又过重阳，雏菊初放，故园一派秋光。东山树老，何日且还乡？望断伊人秋水，云天外，难诉衷肠。南飞雁，长空嘹唳，人字又行行。饮丰年社酒，高台醉卧，阡陌牛郎。倩谁问、佳人去向何方？不待黄花凋谢，桃源里、水远山长。期何日，重逢故土，更进酒千觞！

二〇一〇年十月十六日

缺月挂疏桐

山环水一汪，梅绕竹三径。村口寒鸦鸣老树，花落侵枫岭。岁月去无痕，秋色来无影。明月佳人此中来，共醉茅庐里。

二〇一〇年十月二十六日

行香子　致延安同窗

六载相别，重聚京畿。万花园，几度叮咛。当年圣地，旧梦犹新。有牡丹放，飞禽舞，岭风吟。
三三两两，晨攀山径。步悄悄，唯恐人惊。多情岁月，无奈功名。忆民间歌，山间侣，此间情。

二〇一〇年十一月二日

农历十五怀远

万里来南海，初见小蛮腰。袅娜珠江之畔，辗转入云霄。人生知音有几，彼此悠然心会，重九必登高。大义薄云海，生死若鸿毛！

二〇一〇年十一月二十日

忆远人

塞上佳人岭上逢，惊鸿一瞥又西东。歌迎广寒琼楼月，舞罢嫦娥袖底风。

一盏清茶萦幽梦，半杯残酒入朦胧。渭城怕闻阳关曲，明朝云山又几重。

二〇一〇年十二月三日

西江月

友人购澳洲二骏，狮鼻箭耳，肤白似玉。挺拔若昆仑玉柱，矫健似玉树临风。

一见即惊双艳，美哉白玉骢骄。马跃檀溪似闪电，猎猎风卷鬃毛。并驱恰如双璧，分驰宛若惊涛。直取长安如飞燕，真个汗血英豪！

二〇一〇年十二月五日

阮郎归

忆昔年少漫游时，登楼好赋诗。长安道上藐公卿，黄粱梦醒迟。廿年过，鬓如丝，山水寄相思。烟波江上旧楼台，唯题醉酒辞。

二〇一〇年十二月十日

浪淘沙

单骑入阳关，草碧沙白。一川戈壁绕祁连。老骥从来识古道，剑客东还。

月夜忆长安，聚散都难。远人一去俱无踪。一袭寒衣谁堪送，花为谁红？

二〇一〇年十二月十四日

南歌子

塞北霏霏雪，岭南淡淡风。今宵无语露华浓，梦里关山飞度、万千重。

欲待传春信，愁肠百结中。梁间双燕语呢喃，羡煞离人怨侣、两心同。

二〇一〇年十二月十五日

梅花三弄

日思君，夜思君，三日不逢泪满襟。燕也哀鸣，月也空明，恨离别、关山迢递，梦里萦怀意未平。

岭南一别塞上雪，送君又迎巫山云。爱也卿卿，恨也卿卿。唱罢梅花舞娉婷。怅惘总关情！

二〇一〇年十二月十七日

六州歌头

西风昨夜，吹落两三枝。红凋敝，黄叶堕，冬相继，春相随。灼灼梨花灿，柳丝碧，梅花碎，斜阳暖，早莺啼，断桥西。紫气东来绿野，飞白鹭，芳草萋萋。看桃花寺畔，片片堕香溪，谷雨清明，燕双飞。望家山月，云穿破，故人老，境如新。村庐去，高楼起，山河改，景还奢。笑语当年事，东邻女，鬓如冰。少恋情，中念友，老随妻。我去依依杨柳，叹今来雨雪霏霏。诉家长里短，对故友亲朋，相见还惊。

二〇一〇年十二月十八日

摸鱼儿

又经年、重来今寺，庙堂远胜畴昔。老僧炊饭方迎我，蓦地语含欷歔。惊相问：香火盛、信徒香客争相入。缘何悲楚？况宝殿新葺，袈裟新置，施主布施许。

僧答道：世上风波正怒。谁知业障难数！县衙不晓民生苦，征地近乎强取。学费贵，求医窘，摩天房价还高走。空来拜佛。闻此诫诸公：雄关险隘，休唱羽衣曲！

二〇一〇年十二月二十日

无题 答欧阳

燕舞莺飞三月天，桑间濮上俱少年。酩酊且向山中去，不醉春风也醉泉。

拿云揽月是青年，壮岁始悟世事艰。老来做得山村叟，

笔砚耕得两分田。

二〇一〇年十二月二十八日

行香子

前度刘郎，皖籍狂生。临宦海、几见浮沉。五湖倦客，岭上农夫。有案头书，匣中剑，笔下魂。　江淮莽汉，天涯浪子，入南山、修百年身。骑驴沽酒，醉叩柴门。伴镜中花，水中月，梦中人。

二〇一〇年十二月三十日

柳梢青

寒风又冽，菊花凋谢，腊梅开未？江上冰封，千山雪阻，乔木落

叶。岭头鸟啼残枝，声泣血，春归不远。燕子来时，梨花开后，桃花遍野。

二〇一〇年十二月三十日

六州歌头

将临岁末，喜气渐盈盈。佳节近，家人聚，候嘉宾，共迎新。夜语年来事，有多少，堪共庆：又几许，难回首，且伤心？秋去冬来，道朔风常送，父老叮咛。海怒彤云布，洋上战船行。世界风云，几曾宁。

念人间事，繁华逐，奔致富，忘诗情。纵如此，薪难供，病难医，室难拼。忆前贤豪语：安天下，继绝学，推民主，促民生，开太平。闻道当朝新锐，正谋远、又聚神京。使黎民百姓，遣岁岁年年，欲说还听。

二〇一〇年十二月三十一日

南歌子　咏柑橘

江南有柑橘，经冬犹挂枝。鹅黄嫩绿果滋实，竟笑三春花晚，李桃迟。

君若甘其味，应从院落植。芳香此季胜平时。道是庭中君子，惹相思。

二〇一一年元月二日

沁园春

冠盖相倾，波平远近，曲奏太平。正东山欲上，月华如水；风云万里，浩浩清辉。天地无穷，人生有限，荏苒光阴马上催。神州路，有雄关险隘，鼓角相吹。

当年雨雪飘飞，正年少、豪情寄壮行。眺江河在望，千山在迩；苍生在念，父老在心。眼底波澜，胸中浩气，世事千端促迅雷。凭栏处，有哀弦盈野，谁仰天听？

二〇一一年元月十日于京城旅邸

无题

我骑青牛去，君策白马来。赠汝红芍药，随手弃尘埃。

蓑笠伴吾身，君车拥华盖。草庐宜吾居，卿自入豪宅。

余钓青溪水，君在逍遥台。游鱼知吾乐，君飞似彩蝶。

江湖风涛险，南山叟自闲。汝随香车去，余耕陌上田。

二〇一一年元月二十日

爱孤云

君爱闲花我爱松，气常雄。凌霜傲雪万山中，仍从容。莫道岁寒空自许，乱云汹。虬枝还舞朔风前，碧葱茏！

二〇一一年元月二十四日

沁园春

西下夕阳，西楼向晚，西窗梦圆。正江南二月，春风入帏，春光乍现，春雨飘帘。如黛青山，盈盈碧水，晓月无言到榻前。天涯客，忆峥嵘岁月，一去如烟。

老来归隐林泉。忘叱咤、风云是少年。闯雄关险道，世间坎坷，人情冷暖，沧海桑田。富贵穷通，寿夭福祸，身世浮沉俱等闲。仁者乐，但寄情山水，潇洒余年。

二〇一一年二月十日

南歌子

冬雪消融后，春山接碧空。桃红柳绿又神州，更喜莺歌燕舞到村头。

莫负佳人意，西窗共剪烛。方携素手上层楼，明月清风岂羡万户侯！

二〇一一年二月十三日

沙塞子

相逢还笑语还痴，春山绿，碧草如丝。道春意、人前相慕，枕上相思。　几回春梦似分明，待醒后、人又何之？更愁见、月移花影，雨涨秋池。

二〇一一年二月十九日

既非偶

既非偶，何必常相守？人生最患是情痴，异梦同床自分手。往事莫回首。　既无家，一去向天涯。几处早莺鸣暖树，江头醉看夕阳斜。岭上又桃花。　醉一场，寂寞愈心伤。莫向人前飞清泪，一饮千杯涤愁肠。水远又山长。　困一觉，红日当头照。夜来风雨梦无凭，潮声又唤东窗晓。江山自多娇。

二〇一一年二月二十二日

蓦山溪

海棠新红，桃李含朝露。清溪水潺潺，又绕向、烟岚翠谷。梨花带雨，杨柳戏春风。水边莺，归巢燕，又啼村头树。　山乡村叟，笑语谈甘苦。客至农家乐，且上它、村醪野蔬。纷纭世事，不向此间来。君与我，酒一壶，还忆当年否？

二〇一一年二月二十七日

满庭芳

欧阳兄转网络文学段子《人生八雅》，细读之，甚隽永，然觉意犹未尽，戏补之。

诗酒花茶，琴棋书画，人生雅事称八。若无知己，咫尺是天涯。幸有庄生天籁，何必奏、琴瑟琵琶？春风舞，雷霆震夏，秋色入篱笆。冬来飘瑞雪，琼瑶遍野，数尽寒鸦。笑过客、休言世事堪嗟。满座衣冠济楚，动情处、还是胡笳。中秋夜，迢迢明月，耿耿劝还家。

二〇一一年二月二十九日

沁园春

辛卯年春，余与弘力等踏访黄山，以学弟作陪，称此地有村名

「西溪南」，为《金瓶梅》遗址，并曰明代当地富商吴天行即为西门庆原型，曾纳百妾娱于园中，其故园犹在，雪窦洞、蝴蝶泉迄今尚存，一一如书中所记。其著者兰陵笑笑生即明兵部侍郎汪道昆，徽州人，亦居于邻村。书中所用方言独此地所有，他处所无。余等奇其事而共访之。观后喟然长叹。虽千古之谜待解，而当时淫靡奢华之况可见矣。

西溪之南，黄山脚下，风景依然。问西门楼主，何方人物；兰陵笑笑，哪路神仙？主客寻幽，钩沉到此，果见风流遗此间。窦名雪，有难窥妙境，解颐君前。

当时百妾留连，曾共沐、翩翩蝴蝶泉。有金莲供赏，瓶儿伺候，春梅妖娆，惜玉香怜。妙笔生花，天生尤物，风月迷情芳草园。千载后，纵园荒圯废，还似当年。

二〇一一年三月五日

怀苏辛

苏东坡、辛稼轩，词中圣手也。常诵二公词而想见其为人，俗云：「虽不能至，心向往之。」

词诵稼轩，歌咏东坡，百代传风骨。若双星、璨璨垂天幕。当时若与斯人聚，座上宾，言欢抵掌倾谈，算客中必定有我。谓世事浮沉，人间富贵，俱是白云苍狗。大块文章大碗清茶，去山野清溪泛轻舸。放浪形骸，超然物外，纵情诗酒。三千年历史，蕴如此豪情；八万里河山，育这等人物！

噫！暮访高僧，三生石上记前身。晨来耕陇亩，诗云七月流火。待种菜插秧，方能果腹，男耕女织不辞苦。

有故友临门，园中剪蔬，还夸厨下身手。道古来圣贤多寂寞，谓世上知己吾与汝。自神交、悠然神往，赴黄冈探学士，信州访辛公，五湖云水一叶帆篷，临难气也三鼓。此身终老林泉下，笑世人、蝇营狗苟。

二〇一一年三月十一日

捣练子

一

鸡犬静、院庭空，门闭人杳又晚风。少壮已奔城镇去，只余老幼守寒屋。

二

风飒飒，雨蒙蒙，欲待脱贫要务工。吃得城中三月苦，胜于村里一年丰。

二〇一一年三月十五日

沁园春

陈辛、傅能，两君曾插队赣南，迄今已四十年，近日重访故园，与农友共聚，百感交集，不觉酩酊。时吾在大别山落户，亦于下放四十年之际重访故土，此情同矣。

未改青山，民风依旧，农耕依然。忆当年下放，脸朝黄土；鸡鸣犬吠，风雨赣南。壮志豪情，闻鸡起舞，重担千斤勉力担。云天外，阻家山万里，午梦犹寒。

男儿热血初燃，奔前路、风华正少年。恰身长五尺，胸怀天下，漂泊四海，何惧艰难。汗土重生，情深陇亩，夜伴乡亲促膝谈。今来此，共一壶浊酒，把盏言欢。

二〇一一年三月三十日

孤鸾

清明将至，先人庐墓未扫，唯有梦中归去。

杏花村里，又雾罩霭笼，鸡鸣人起。袅袅炊烟，暮唤农夫归去。临溪草庐未败，忍遮它、晚来风雨。忽见前山花放，更送春消息。

念平生、万里观云水。纵故旧相逢，常在羁旅。眺故乡明月，忆牧童吹笛。前楼劲歌妙曲，俱传来、楚音吴语。梦作南归燕子，共梅边莺啼。

二〇一一年四月四日

沁园春

寒食当日，余陪维明、金华、子平诸君赴无锡，游阳羡，赏山花，观湖景，谒大觉寺，攀三界山。一日两醉，诸友欣然。

节正寒食，方辞沪上，又到锡山。喜桃红柳碧，湖边樱灿；农家院里，鸡犬悠然。菜展黄花，山生竹笋，四野游人遍岗峦。清溪畔，正海棠初绽，苞吐幽兰。

诸君共赏江南，忆往事、清溪绕旧栅。对松风长啸，楚人狂傲；满腔豪气，少别乡关。岁月如梭，人生如梦，空见江湖浪几番。今老矣，共知音常聚，醉卧江滩。

二〇一一年四月四日

传言玉女　清明

又到清明，扫墓路断径绝。鲜花果蔬，供先人祭奠。人流攒动，还伴踏青笑靥。多情风雨，又催桃艳。

早厌尘嚣，向农家，觅暂歇。人生百岁，恍如庄生蝶。浮躁似今，纵是贤愚难免。富骄贵矜，可怜贫贱！

二〇一一年四月五日

念奴娇

春风春雨，又滋润万物，天地方绿。隐隐青山长亭外，断续燕飞莺啼。碧草如茵，虹桥柳翠，花共春光舞。樱娇梨灿，李花还送春意。岁岁细雨清明，杏花村里，且寻农家醉。月白风清君何往？客棹江南今夕。缘付春风，情凝春雨，时共春波去。多情还笑，归来重见杜宇。

二〇一一年四月七日

三奠子

又一年春景，无语留连。江左地，正花繁。看清明过后，恰李灿桃妍。人如玉，风送暖，雨犹寒。

君心似我，咫尺难传。千里别，一生缘。叹年华若水，东去几时还？岭上月，云弄影，照空山。

二〇一一年四月八日

秋蕊香

江上美人相问：醉里且为谁狂？江南曾见锡山柳，只在春归时候。

花前李下徘徊久，萦春梦。清明还向南山走，故里春光依旧。

二〇一一年四月九日

胜胜令

桃花如面，细柳如眉，晚来风雨送春归。琵琶一曲，伴胡笳、醉芳菲。马上观、莺舞燕飞。

念汝今宵，忆昨日，入春帏。更何时共枕香衾，烛摇月下，望嫦娥，掩清辉。且共余：私语三更。

二〇一一年四月九日

生查子

今宵是今宵，昨日非昨日。春风入梦来，岂有嫦娥至。情至短春宵，情去添春困。莫待两鬓霜，悔将青春负！

二〇一一年四月十日

怀项羽

辛卯年春，余到徐州。炳泉、新田、建森、王佩诸君陪余踏访戏马台项羽练兵故址，感慨赋之。

当时叱咤去，倏忽秋风来。一战惊巨鹿，三秦炬成埃。英年虽浩气，四面楚歌哀。江东众父老，还盼将军回。

二〇一一年四月十三日

风入松

西山依旧罩烟云，风入柳梢青。长街漫卷车流去，雁归来、又啼花荫。塞上朝来沙起，轻尘暮至平津。

春来柳絮舞杨花，还似旧时情。高楼巍巍浑非昨，道此处、遍地黄金。扰攘京华一梦，斑斓直到如今。

二〇一一年四月十七日

沁园春

南华禅寺为禅宗六祖惠能道场，供奉惠能肉身至今，香火隆盛，冠于岭南。

世多歧途，人多大欲，难去心魔。仰惠能六祖，南华布道；说经坛上，开示愚蒙。何必旁求，由心见性，知见圆明万事足。法无二，唯心存善念，便自多福。　莫云流水无波，名与利，尽皆是网罗。道无边苦海，回头是岸；行诚言信，诸恶休作。事且随缘，皆为佛地，岂靠参禅谋解脱。历千载，有金身不坏，永颂佛陀。

二〇一一年四月二十一日

木兰花

木兰花，香袅袅，幽谷深山争窈窕。夏日里，热风来，灿烂迎人山间道。　竹篱茅舍多清客，蛙鼓蝉鸣溪树杪。乡间暇日觅农家，野菜村醪桃源好。

二〇一一年五月十三日

沁园春

五月二十一日，余谒南华寺，与监院释法祈谈禅理。释法祈理工大学毕业，曾在机关工作，二十九岁剃度，入空门，颇精进，为监院，人多敬之。

北雁南来，慧根早具，半路出家。落东南宝刹，精研佛理；晨钟暮鼓，还伴袈裟。富贵浮云，死生勘透，古卷青灯诵释迦。方合掌，继惠能六祖，大道无涯。　红尘万相堪嗟，堕苦海、谁知罪与罚？叹世人碌碌，徒为柴米；功名利禄，何异尘沙。忘却虚荣，一心向善，正果修来圆我他。平生愿，祷太平世界，佛佑中华。

二〇一一年五月二十四日

念奴娇

读春彦兄美文《山水中的女人》，会其意，附其说，填此阕。

商山四皓汉初商山四隐士，须眉皆白，号之四皓。高祖召，不应。又虎溪三笑虎溪，水名，在庐山下，传说晋释慧远居东林寺，送客不过溪。一日与陶渊明、道士陆静修共话，不觉逾此，虎辄骤鸣，三人大笑而别。，浩歌长啸。怎似西施随范蠡，共赴仙山琼岛。千古江山，英雄来去，拜倒芙蓉下。悲欢相续，世间离别多少！

帝阙胭脂成河，三千佳丽，苦盼君王过。明月清风孤帐里，难耐今宵寂寞。山水佳人，天然点缀，一瞥惊鸿影。高山流水，知音还赖相错。

二〇一一年五月三十一日

燕贺莺迁　题春彦兄黄山浴女图

碧水青山，曾无香艳，古今之理藏玄。玉女红颜，难容山水之间。渔樵僧道神仙，卧松风、倚枕高眠。险峰叠嶂，小桥流水，一二亭轩。鲁人春彦，敢为人先，楚姬越女，裸浴松泉。清溪有色，才郎故尔留连。莲动鱼舟，伴竹喧、浣女归园。赏佳人，方远山近水，顾影犹怜。

二〇一一年五月三十一日

满庭芳　贺李娜法网折桂

穿柳之莺，脱弦飞箭，拍挥无韵离骚。惊鸿来去，万众眼眉抛。且看一球如电，还掀起、万顷波涛。人争睹，网前竞技，谁个是英豪？

铿锵玫瑰放，芬芳四溢，苦战名高。补天阙，娇娃谁更妖娆？横扫千军如卷，仰天笑、跃马横刀。声长啸，功垂红土，喝彩入云霄！

二〇一一年六月四日

祭阿婆

青青河畔草，绵延去远道。欲忆先慈面，泣下音容渺。年少失怙恃，身寄外婆桥。炊饭起晨昏，朝夕问温饱。夜来数星辰，迢迢银汉悄。梦里常掖被，慈怀总缭绕。容我儿时错，宠我少年娇。励我青春志，缝我四时袍。慈恩何浩荡，三春晖难报。念兹在兹者，奉养愿终老。哀哉仁者逝，悲夫仙路遥。且具三牲奠，临冢一号咷！

二〇一一年八月一日

忆汉月　禅理

无语悟得禅理，常道有言多误。愿莫轻许许应还，几根香，怎欺佛祖。

空空生万物，长嗟叹、世人多俗。看破红尘笑情痴，宝殿中、且燃高烛。

二〇一一年八月

雁后归

春彦兄有佳对：「无计从心头去，有风从故乡来」，余附貂后，撰词云：

无计人从心头去，秋山秋色秋波。有缘风自故乡来。闻君歌一曲，一唱众人和。

羚羊挂角寻无迹，神来之笔堪赊。人皆道妙句难得，席终大醉后，醉后且狂歌！

二〇一〇年八月三十日

农家乐即景

空巢人去后，城里游客来。车泊杨柳岸，水携山泉牌。人聚农家乐，客喜鸡犬哀。昔日篱笆院，错落满餐台。

二〇一一年九月一日

南山歌

我赴南山隈，奇峰尽崔嵬。郁郁千叠秀，潺潺百转溪。孤藤傍古木，烟村隐竹林。偶闻鸡犬吠，幽谷少人行。浩歌迎吴月，楚客自登临。

高山奏流水，琴瑟觅知音。松柏千年寿，层峦万壑云。虽无登仙术，自有不老心！

二〇一一年九月一日

昨日

昨日路逢君，嫣然迎一笑。笑容何灿灿，仪态何袅袅。君自东方来，清幽似兰草。闻君居南山，泉水鸣树杪。眉若春山秀，眼似秋波淼。柔语如莺啼，莲步入芳岛。桃李不曾言，下自成蹊道。一颦复一笑，顾者皆倾倒。君来日方出，晨曦冉冉起；君去恰日落，夕阳无限好。我欲与君语，君已山中去；我欲寻君踪，芳踪忽已渺。

二〇一一年九月三日

浪淘沙令

又到秋分，雁飞南浦。望中人字又行行，菊花初艳，枫红岭上，几多风雨。

瓦脊秋霜重，卧听风悚。道秋虫何故呢哝，谁人解得离人苦，浩歌奏金缕。

二〇一一年九月四日

湘灵瑟

秋风萧萧，秋山草木凋。雨也飘飘，落琼瑶。

天接水，云山高。相思切，离人老，犹梦归路遥。

二〇一一年九月四日

舞剑歌

昔读杜甫「剑器行」，记公孙大娘舞西河剑器，神乎其技，冠绝当时。后五十年，杜于白帝城又见临颍李十二娘妙舞此曲，盖公孙弟子也。今闻井冈有剑舞之技，其为天宝余韵否？遂为作。

一舞剑器动四方，霜锋水袖孰短长。娥眉半似春山黛，明眸夜泛冷月光。凌波舞似惊鸿过，袅娜腰若柳丝狂。裙裾飘飘风似剑，寒光闪闪雪如霜。龙泉三尺银蛇舞，瀑飞百丈落津梁。雪溅珠抛飞万点，雾中不见舞铿锵。掌上飞燕何须羡，电光石火影难藏。论剑何必去华山，神出鬼没出井冈。霓裳羽衣无劲骨，鹰飞鹘落势低昂。剑上霜重天山雪，剑下叶落满潇湘。武当剑道似龙飞，赣江倩影若凤翔。虞姬饮剑悲垓下，乌江一别楚霸王。力拔山兮气盖世，美人已矣芳魂逝。狂歌醉舞金风起，洞庭波涌连天至。君不见佳人舞剑器，天下英雄谁堪赏？君不见剑锋何所向，青山碧水莽苍苍。君不见美人气磅礴，今宵舞落陇头月；君不闻鉴湖有女侠，明朝放歌向大洋。君且看美人挥宝剑，高山流水千古曲；君可知美人化碧血，干将莫邪配阴阳。君不见楼头醉笙歌，可怜声色相征逐；君不解剑舞何所喻，悲情地老复天荒！

二〇一一年九月六日

西江月 中秋

去岁中秋无月，今年无月中秋。浓云密雨布苍穹，玉兔谁家病酒。
好梦难来易去，嫦娥独上琼楼。银河欲渡路迢迢，隔水鹊桥断了。

二〇一一年九月十二日

西江月

春日山高月小，秋来水落石出。危崖深壑小村孤，飞鸟盘旋古木。
苍苔还侵石径，篱笆自绕穷庐。竹林掩映炊烟袅，人在白云深处。

二〇一一年九月十二日

巫山一段云

雨后清溪浊，日出峰峦青。廊桥朝暮去来人，犹是旧乡邻。
老弱扶犁荷锸，霜雪早上双鬓。池边老树日边云，寂寞风雨亭。

二〇一一年九月十二日

中秋

又逢中秋至，方从异国回。亲友接风日，一饮自千杯。故园秋色好，他乡春且归。平生在羁旅，何时返青溪！酒绿游子醉，灯红丽人行。访旧浑似幻，执手诉离情。山北松竹老，山南旧城新。唯有故乡月，犹照驿边菊！

二〇一一年九月十二日

连理枝

春日离乡去，秋半还家早。田中割稻，宅基新造，娇儿初抱。又今年雨水恰逢时，喜年成尚好。漫漫谋生道，四季难闲，百工皆务，只得温饱。趁青春犹在攒些钱，返乡间养老。

二〇一一年九月十三日

无题

万里一飞过，江湖六十年。三江并五岳，云水路八千。东溟一帆远，南山二分田。且向西域去，凛冽北风旋！

二〇一一年九月十四日

永遇乐

云涌千江，山如海市，蜃楼浮现。万里幽蓝，如磷灯火，闪烁无边夜。三更月满，无眠梦远，隐隐谯楼钟鼓。雾茫茫、层峦叠嶂，数点晓星明灭。

佳人在迩，知己在远，此意谁人能会？水远山长，韶华流逝，数岁难相见。人生如梦，风光过眼，今古无非一瞬。何劳问、此情此夜，为谁惦念！

二〇一一年九月十四日

子夜吴歌

我向南山去，君来春已深。廊桥尽头曾偶遇，记得回眸处，清明雨纷纷。

君栖梧桐树，我步长安尘。吴歌一曲伴晨昏，故乡明月在，秋水照伊人。

二〇一一年九月十五日

满庭芳　哀民工

伐柯南山，西溪结网，农家四季都忙。城中一去，万种苦难当。无处可逃风雨，似蝼蚁、一任肩扛。工棚里，人来人去，麻木遣流光。

睹笙歌夜夜，摩天楼宇，难免神伤。醉中忆，村寮小径池塘。庐墓先人谁扫？清明奠、一炷馨香。家何在？三更梦里，妻孥盼还乡！

二〇一一年九月二十六日

沁园春　咏桂

四季常青，名花佳木，江南小乔。到中秋八月，金银都放；庭中丹桂（桂花原产于中国西南，常绿灌木或小乔木，属木犀科。品种有金桂、银桂、丹桂、四季桂等。中国已有两千年以上栽培史。印度、柬埔寨、尼泊尔也有分布。）犹自妖娆。清芬如兰，芳浓似麝，玉立园中品自高。枝繁茂，有幽香暗送，淡雅情操。

古今谁伴嫦娥？月中桂、清辉沐九霄。傍琼楼桂阙，婆娑袅娜；枝遮玉兔，花酿醇醪。我共吴刚，开怀畅饮，不枉天庭走一遭。明月夜，有柔情似水，絮语声悄。

二〇一一年九月二十八日

霜天晓角

庭前桂花馥，一鸟鸣声促。雀跃似来呼我，秋光好，莫踟蹰。

花开赏须早，朔风凋何速。莫待来年重聚，人将老、斜阳暮。

二〇一一年十月五日

行香子 养生篇

运动平生，不倦晨昏，动与静、如影相从。静如处子，动似鹰鸷。道卧如弓，坐如磬，立如松。

少荤多素，闲庭信步，欲寻芳、还去山中。功名尘土，富贵皆空。喜雨前茶，石间笋，岭头风。

二〇一一年十月七日

行香子 咏茶

一瓣馨香，雅兴千年，聚知友、茅舍煎茶。明前上品，正伴茶花。漉山中泉，江上水，煮新芽。

传经陆羽，欣罗茶具，笑功名、都付人家。民居茶馆，僧殿官衙。但助君思，醒君酒，解君乏。

二〇一一年十月二十五日

沁园春

细雨梧桐，溪边菊放，寂寞清秋。正枫红岭上，峡深雾起；江潭水碧，莽莽山幽。叶落花飞，年年类此，遍地黄花岁岁同。凝秋色，在断鸿声里，落日楼头。　休言岁月如流，方一瞬、人生亦到秋。奈镜中鬓雪，额间纹皱，胸中块垒，足怕登楼。酒肆迎人，江头送客，一别吴山更几重。长空雁，又南飞湘水（回雁峰为南岳衡山七十二峰之首，耸立于衡阳湘江之滨。史载，北雁南来，不过此峰，在此越冬。宋王安石诗云：「万里衡阳雁，寻常到此回。」）绕我孤舟。

二〇一一年十一月一日

沁园春

百代千年，几人能够，一统江湖？对江山有意，揭杆而起；杀人盈野，改姓移宗。如蚁生民，可怜颠沛，乱世从来万骨枯。英雄谱，在帝王眼里，都是奴仆。　青史血色犹浓，道盛世、匆匆过眼中。莫耽于安乐，醉生梦死，笙歌日夜，酒绿灯红。武嬉文恬，风糜俗败，大坝常从蚁穴崩。君休忘，有祸福相继，治乱相从。

二〇一一年十一月十二日

招魂曲

魂魄归来兮，自彼去所；上下无穷兮，谓之天地。天地之下兮，云有洞府；洞府所居兮，阎罗大帝。人生难久兮，魂魄何依？漂渺一羽兮，寄于微躯。微躯存世兮，不过百年；百年一瞬兮，白驹过隙。电光石火兮，自幼及老；贫贱富贵兮，浮云断续。江山不改兮，本性难移。逆水行舟兮，休要自弃。日出东溟兮，西山落下；月上东山兮，还照西溪。城中如蚁兮，芸芸众生；乡间耕耘兮，农民兄弟。奔走江湖兮，行商坐贾。舞文弄墨兮，作家名记。莘莘学子兮，梦孕寒窗；壮士披胄兮，国之拱璧。五行八作兮，各尽其能；风流人物兮，代有兴替。远眺高山兮，峰高万仞；水天相接兮，浩荡东去。岁月不居兮，且惜旦暮；春夏秋冬兮，纷纭四季。无气不活兮，无骨不立；百邪莫侵兮，世上正义。魂魄所居兮，不在骸骨；魂魄归来兮，人间正气！

二〇一一年十一月十七日

六十寿辰感怀

诸友今来贺寿辰，江南沪渎共此生。斗转星移浑如梦，江湖信有不羁魂。酒酣醉吐英雄气，笑语声中高谊存。流水高山歌一曲，中天又上月半轮。

二〇一一年十二月十五日

沁园春

冬雪悄然，飘临而至，岁末黄昏。眺东西世界，风云骤起；大洋彼岸，又黯繁星。欧陆飘摇，旖旎仍在，却道繁荣俱往矣。东西亚，有强人更替，难料朝夕。

人间福祸相依，道国运、应知盛有极。度寒冬岁月，休惊雨雪；腊梅开后，春自将临。霸业无常，更迭有故，须晓天心不可欺。江天外，看沉舟侧畔，病树还青。

二〇一二年一月六日

沁园春　读史

冠盖成空，富贵成冢，遑论功名？道江山如画，风流更替；繁花尽土，柳絮逐尘。廊庙之音，都成余响，断碣无言话古今。观神路，有石人石兽，空守荒坟。

溪山老树黄昏，钓台上、曾来社稷臣。纵诸葛妙算，周郎英武，东风着力，天下三分。裂土难封，终归一统，徒使当年战乱纷。一壶酒，把浊肠浇透，莫赋招魂。

二〇一二年一月九日

答欧阳

莫向霜天数旧年，湘水依然映尧天。回雁峰头枫叶灿，岭下梅花兀自妍。红雨湖畔梧桐老，岳麓山前鸥鹭闲。逍遥且向溪山去，豚酒农家胜桃源！

二〇一二年一月九日

附：欧阳斌

老人湖畔数流年，坐看寒雾起乡间。圆缺阴晴昨历历，水自悠悠山自闲。千里浮云多聚散，万家灯火暖心田。烟云过尽糟糠在，执手乡关恋拙园。

龙年感怀

行年临甲子，啸傲湖山去。冬雪凌松柏，春山无穷碧。帆蓬掠五洲，友朋江上聚。笙歌不绝缕，梦怀常相忆。

二〇一二年一月十四日

春节吟

农历辛卯腊月，友人寄春节民俗至，戏以成句，并贺壬辰年。今岁无年三十，且以二十九度之。

腊月二十三，礼送灶王爷。腊月二十四，除旧布新日。腊月二十五，推磨做豆腐。腊月二十六，宰猪割年肉。腊月二十七，备货赶大集。腊月二十八，蒸馍贴年花。腊月二十九，祭祖上供酒。三十是除夕，

夜半迎新岁。初一贺春节，户户相揖拜。初二犬报春，家家来亲眷。初三婿转门，初四羊开泰。初五牛耕春，五路接财神。初六贺成功，沥酒拜街中。初七七宝羹，人寿又年丰。初八去放生，祈福禳前程。初九玉皇诞，祭典勿怠慢。初十祭石墩，五谷庆丰登。十一祭紫姑，十二搭灯棚。十三灶点灯，十四娘娘辰。十五元宵夜，家家庆团圆！

二〇一二年一月二十一日

殢人娇　访婺源文公山朱熹故里

野渡无人，朦胧烟树。一湾水、又飞白鹭。入山径杳，藤依古木，酒醒处、又迷雪中歧路。隔水渔樵，长桨短棹，歌声里、碧波东

去。绕溪舟小，青山如故，朱氏墓、春来百花常驻。

二〇一二年一月二十六日

无题　壬辰初六致友人

湖海当年忆旧游，诗情常寄大漠秋。目随鸿去南天远，心逐燕来北地风。少小岂知国事秘，壮岁始悟个中愁。浊酒一杯家万里，老来还怕上层楼。

二〇一二年一月二十八日

沁园春　江南农家

江左春回，东风渐送，暖意融融。又江边柳翠，莺声初啭；梅开溪

畔，燕绕村庐。湖裂寒冰，堤消残雪，喜鹊喳喳跳不休。逢佳节，正农家正月，年味犹浓。

爆竹声裂苍穹，饮社酒、家家有醉翁。道东邻夸富，西家庆喜，北村小女，待嫁闺中。辗转媒人，来合八字，择婿依然照古风。壬辰岁，盼风调雨顺，人寿年丰。

二〇一二年二月二日

永遇乐　述怀

昨别江淮，今来黄浦，天涯还去。塞北江南，桃红柳碧，春满神州地。帆张五湖，三山车履，寺庙且闻钟鼓。到壬辰、年逢本命，红衣且穿一袭。

六十甲子，天涯遍历，何处桃源堪隐。百味曾尝，荒唐阅罢，都付一瓢尽。蝴蝶非梦，庄生亦老，幸有二三知己。红尘

里、一声长啸，花飞似絮。

二〇一二年二月十二日

正月末夜归遇雨

春雨如碧丝，千般若相思。无声潜入地，潇然夜来时。水润催桃李，飘飞似柳枝。先向江南去，唯恐唤耕迟！

二〇一二年二月二十日

二十字令

冬去也，冰融放腊梅。风柔草碧柳苞催，燕来无？春归。

二〇一二年二月二十二日

神女

忆昔船自三峡过，眺神女、隔云雾。凭谁更问佳期，云雨阳台会否？梦里襄王，人间鱼水，闻道春风等闲度。望故园、万水千山，总叹光阴匆匆促。

洛神飘袂临江渚，沐明月、闲愁苦，念谁中夜徘徊，记取风情万种？镜里佳人，江湖墨客，几多落寞。休怅惘、静室焚香，还把姻缘祝。

二〇一二年二月二十三日

临江仙令

今逢春彦兄寿辰，诸君聚于闻道园，适值飞雪，四野春寒料峭，室内满座春风。

饮酒，劲舞，高歌吼，上层楼。今宵一醉方休。转晓星河汉，看残月如钩。凭栏远眺，水碧山幽，莺燕啼江东。

飞雪送来春意暖，东风又绿芳丛。待腊梅开后，又梨灿桃红。明朝君欲何往？且向杜宇声中。

二〇一二年二月二十六日

梧桐雨

飘飘洒洒，沥沥淅淅，时时断断续续。冬去犹寒，更降几番春雨。梅催柳苞岸畔，啼黄鹂、唤东风紧。入地也、草幽幽、似送早来春信。

倩谁三更入梦，微雨罢、愁伴漏声惊起。逆旅情怀，陋枕难消寒意。孤村小桥野店，不时闻、几声杜宇。风自语，雨未住、雷又隐隐。

二〇一二年三月一日

子夜吴歌

一

春晚愁风雨，晓来落花纷。烟波江上客，不是枕边人。

二

朝见风波紧，晚来暮云深。羁旅孤眠夜，还在水边村。

二〇一二年三月五日

沁园春 惊蛰

西去彤云，东来紫气，微雨飘岚。正乌云难散，霆霾兼旬；春光荏苒，又到江南。冬谷冰融，春江水暖，笑我无端两鬓斑。雷声隐，恰惊蛰刚至，万物勃然。

今年春雨绵绵，道三月、行人衣未单。问天公何恨，偏飞雨雪；梅花有怨，访客阑珊。岭上山茶，溪边芍药，万紫千红开满山。春来也，伴朝来风雨，薄暮轻寒。

二〇一二年三月五日

沁园春 春归

苞绽红花，枝摇绿叶，春草方生。看春波又漫，江南堤岸；春风又度，塞上长城。春雨潇然，春寒料峭，春夜还思梦里人。踏青后，品山间春笋，醉卧荒村。

江湖云水平生，等闲处、误了半百身。有亲朋来问，尚能饭否？烹茶漉酒，抖擞精神。物我无求，宠辱皆

忘，心无羁绊无点尘。明月下，自酣然入睡，岂问前程！

二〇一二年三月五日

无题

壬辰年春，余到广西巴马瑶族自治县，此地为世界著名长寿之乡。光绪帝曾手书一匾「惟仁者寿」赐于此乡耆老。席间与县长罗荣莉谈及「惟仁者寿」之义。余曰：仁者寿语出孔子，唯倡行仁取义；惜乎古之贤者，仁且寿者不多，取义成仁，多早夭而成烈士也。罗君言：不然！此寿非指自然之寿，亦声名之寿也。余肃然起敬，起而奉酒，书此以寄罗君。

昔曰仁者寿，烈士竟早夭。取义成仁者，弃生若鸿毛。今闻县

君语，宛然闻妙道。天年不在永，千古仰名高！

二〇一二年三月二十三日

咏兰草

友人以兰草事问，余以此诗答之。

一

吾意怜芳草，君心独爱兰。玉立出幽谷，清芬透远山。
骨傲羞趋日，品逸不畏寒。宜与高人语，休向俗客谈！

二

山兰可报春，二月花开早。夏兰不畏暑，馥郁侵远道。
秋兰叶挺拔，卓然迎昏晓。寒兰风雅致，千古令名高！

三

观花一时兴，赏叶常年好。寂寞林泉下，伴君可终老。
无人空自芳，劲节逼云表。声名齐菊梅，谦然自言草。

二〇一二年三月三十一日

咏梨花

醉卧梨花下，冰肌似雪寒。玉骨凝剔透，白衣裹蕊丹。
清芬出五瓣，丰姿自天然。璎珞摇环佩，月下美人还！

二〇一二年四月二日

东吴曲

年少冲天豪气，中年几度徘徊。岁晚鬓飞霜雪，觅桃源去，步东山远，吟归去来。

五岳三山曾到，三江四水萦回。处处雄关险隘，沐岭头风，眺江上月，闻笛声哀。

二〇一二年四月六日

满江红

岭上春浓，百花扮、羊城锦绣。似佳人、柳腰款摆，幽然香送。春到珠江江水暖，青山越秀风光秀。踏青来、看叠嶂层峦，人潮涌。

花街美，新区丽，蛮腰耸，高楼矗。有点点帆影，翩翩白鹭。山水之间人不老，悠悠岁月寻常度。今去也、纵醉里还温，相思梦。

二〇一二年四月七日

水调歌头

友人自浮梁（浮梁县位于赣东北，有「八山半水一分田，半分道路并庄园」之称，昔辖景德镇，故又称「世界瓷都之源」。）来，曰将在山间为余置茅屋数椽，以为归计。余大笑应之，作此以表谢忱。

又临东山上，霞染暮云开。松风夕照，山花山鸟唤人回。还借清泉飞瀑，洗我俗肠浊腹，茅舍可高眠。墟静炊烟起，溪带小舟来。

青山外，红尘扰，吾自闲。竹鞋芒杖，时共知友赴山巅。笑看风云聚散，忘却江湖浪诡，峰在有无间。最喜山中月，云影独徘徊。

二〇一二年四月十日

水调歌头

江淮一别后，倏尔已龙钟。春光夏日，秋霜冬雪太匆匆。曾睹风云万里，倦越三山五岳，无怨到江东。千里关山月，还照洞庭波。

酒三盅，茶一碗，半箧书。破窗灯下，心事且向旅人说。万事仿佛走马，今世不知何世，长啸唱东坡。茅舍竹篱下，乘醉舞婆娑。

二〇一二年四月二十五日

永遇乐

绿树参差，日光隐隐，林深人静。村卧青山，舟临碧水，到此凡心定。炊烟暮起，晨闻鸡犬，野渡荒郊何在？出都市、天高海阔，另有一番天地。

平潭岛上，沙平浪软，一望烟波缥缈。海市蜃楼，何时曾见，负我相思意。当年战地，此时佳景，春去更无言语。沙滩月、徘徊似我，空留浪迹！

二〇一二年五月一日

永遇乐　咏野花

蕊吐金黄，花飞六瓣，风骨飘逸。落落无欢，倩谁能赏，寂寥芳菲地。缘溪傍路，蜂惊蝶扰，昨夜还逢急雨。深山里，樵夫牧竖，相逢总不经意。

春芳难久，春光苦短，娇艳终归尘土。零落成泥，空余香冢，岁岁随风堕。孤芳引妒，红颜易老，命里沉浮谁主？忆当时、东君无意，由风嫁娶。

二〇一二年五月二日

永遇乐

一夜东风，窗前雨住，园中花谢。李败桃残，落英满地，随水漂溪涧。柔珠沁草，乱红委径，今岁惜春恁短。叹多情、朝杨暮柳，犹舞絮花飞燕。

七分春色，昨宵去也，徒剩三分遮掩。旧舍篱笆，邻家庭院，仍见蔷薇艳。春风易度，春光易老，万物皆逐流水。不如向、云山深处，常留醉眼。

二〇一二年五月八日

贺圣朝

蔷薇怒放邻家路，春光犹妒。三三两两逗春风，绕枝蝶舞。

浓香带刺，花红蕊吐，只期留春住。小园一夜雨声中，落满红湿处。

二〇一二年五月十五日

绛州春词

微雨过，春光去似飞。红万点，还落小园西。

二〇一二年五月二十日

沁园春

莽莽苍苍，山风阵阵，万壑松涛。到井冈山上，林深竹茂，映山花灿，隔水桃夭。潭奏泉鸣，风拂草碧，且看青松逼九霄。朝暾起，又一轮红日，冉冉腾高。

人生恰似奔潮，涓滴水、潺潺汇怒滔。劈千山万壑，飞流直下，千回百折，漫漫途遥。五彩人生，八方歧路，苦乐无非走一遭。夕阳下，聚云蒸霞蔚，月上林梢。

二〇一二年六月一日

沁园春

咏天柱山

峭壁凌空，奇峰嶙峋，突兀峥嵘。望摩天一柱，势拔南岳（天柱山古称南岳。），峰巅常露，万丈云头。吴楚东窥，荆湘西眺，隐隐雷鸣飞瀑中。千山里，响林涛万壑，溪水叮咚。

苍松翠柏修竹，山花灿、风清境自幽。看牧童樵叟，消磨岁月；农家村寨，古朴民风。墨客骚人，诗崖留迹，道教禅宗香火隆。神秘谷（神秘谷据称为道教真人「司命真君」之洞府。），有巨石洞穴，司命遗踪。

二〇一二年六月二十七日

水调歌头

欲晓高眠乐，先入不眠乡。星稀月冷，无端烦恼启愁肠。枕上忧思难解，尘世功名犹念，心下自彷徨。晚五继朝九，日日苦奔忙。

临道观，谒佛寺，卧禅房。溪边蛙鼓，风动竹影绕松窗。忘却人生荣辱，休问花开花谢，梆送晚来香。日上三竿起，岭上晓风凉。

二〇一二年六月三十日

十了歌

写了一些书，不知几人读；做了一些事，时光全抹去；行了一些好，自家全忘了；犯了一些错，曾经忏悔过；交了一些友，高谊传承久；树了一些敌，一笑不介意；享了一些福，幸运逢改革；吃了一些苦，丹炉炼俗骨；熬了大半辈，半醒还半醉；临了觅归巢，悠然乐山水。茫茫宇宙一尘埃，今日骑驴西向到南山；浩浩汪洋一扁舟，明朝乘桴东去浮于海。